INVENTAIRE
Yf 11.918

I0564890

THÉATRE DES PENSIONS de Demoiselles.

Recueil de Vaudevilles

REPRÉSENTÉS DANS L'INTÉRIEUR DE CES ÉTABLISSEMENS.

Par un Professeur de Langue.

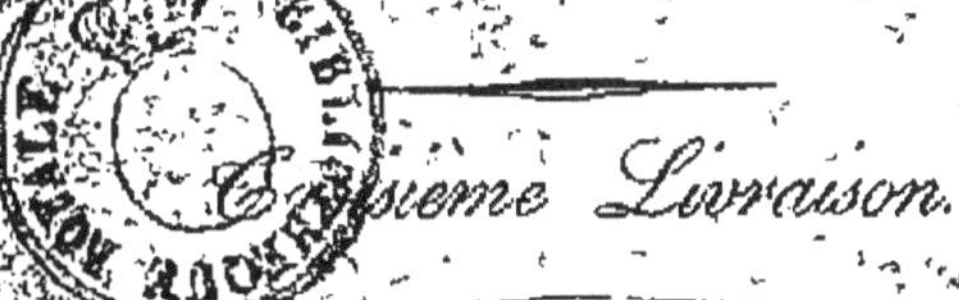
BIBLIOTHÈQUE ROYALE

[illegible]sième Livraison.

PARIS.

CHEZ L'ÉDITEUR, RUE D'ANJOU-DAUPHINE, N° 8.

1832.

La

PENSIONNAIRE-FÉE.

Yf 11.918

PERSONNAGES.

MADAME NOMPAREILLE DE VOLUBILINANCOUR, Femme Auteur.

ADÈLE,
DOROTHÉE,
MATHILDE,
EMMA,
SOPHIE,
LUCILE, } Pensionnaires.

LA FÉE URGATE.

(La scène est dans la Pension.)

LA
Pensionnaire-Fée,

A-PROPOS-DIVERTISSEMENT.

BIBLIOTHÈQUE ROYALE

SCÈNE PREMIÈRE.

M. NOMPAREILLE, seule.

N'est-il pas effroyablement indécent qu'on fasse ainsi attendre une femme de ma sorte? (*Elle tire sa montre.*) Voilà trois minutes trois secondes et un tiers que je suis dans cet appartement, et personne ne vient. On ignore donc qui je suis; on ne sait pas ce que c'est qu'une femme auteur, et auteur romantique, pour qui le temps s'écoule comme on voit l'onde rapide d'un torrent impétueux tomber, s'enfuir et disparaître dans la plaine; ou bien comme la flèche aiguë que l'Actéon matinal vient de lancer sur le timide oiseau? Être des êtres, pourquoi, lorsque tu me pétrissais du limon de ton essence, m'as-tu créée à ce point sentimentale? Les expressions ne suffisent pas au tourbillon de mes pensées, et mon cœur ne peut contenir tous les mouvemens passionnés qui l'agitent. Tels ces globes enflammés qui, du sein de l'airain, sont lancés dans les régions éthérées... (*Elle s'interrompt.*) J'entends des pas dans la chambre voisine. C'était bien la peine de venir si tard, pour interrompre la plus belle des comparaisons qu'ait jamais produite une imagination sublime!

SCÈNE II.

Mme NOMPAREILLE, ADÈLE, DOROTHÉE.

ADÈLE.

Nous vous avons bien fait attendre, Madame; je suis vraiment au désespoir...

DOROTHÉE.

Nous étions avec la Maîtresse, et il nous importait qu'elle ignorât votre présence dans la maison.

MADAME NOMPAREILLE.

J'entends; vous ne voudriez pas que je l'éclipsasse à vos yeux, comme le soleil fait de la lune aux regards des mortels.

ADÈLE, *bas à Dorothée.*

Mon Dieu! ma chère, quel pathos!

DOROTHÉE.

Ce n'est point du tout cela, il ne s'agit pas d'éclipse en ce moment. Donneriez-vous par hasard des leçons de sphère?

MADAME NOMPAREILLE.

Moi! donner des leçons! Oui, sans doute, mais non pas comme vous l'entendez.

AIR :

J'instruis, je régente le monde;
Sachez que je fais des romans.

ADÈLE, *vivement.*

Vous faites des romans! Y songez-vous?

MADAME NOMPAREILLE *continuant.*

Ma verve, aujourd'hui sans seconde,
Met en jeu tous les sentimens.
Dans le romantique j'excelle,
D'Arlincourt n'est rien près de moi;
Si naguère il fut un modèle,
Moi seule à présent je fais loi.

DOROTHÉE.

Vous ne feriez pas cependant autorité pour

notre Maître de langue, qui ne cesse de nous prémunir contre les écueils du genre romantique.

MADAME NOMPAREILLE.

Bon! votre Maître de langue! Quelque petit échappé de collége, tout plein de son Bossuet, de son Boileau, de son Racine; poètes enfoncés aujourd'hui, qui n'ont vu la nature qu'à travers le microscope de leur esprit glacé, et qui d'ailleurs n'auraient jamais su s'en créer une à leur manière.

ADÈLE.

Il y a donc plusieurs manières de nature?

MADAME NOMPAREILLE.

La mienne est nompareille comme mon nom.

DOROTHÉE.

Madame s'appelle Nompareille?

MADAME NOMPAREILLE.

Oui, mademoiselle, et ce nom-là répond très bien aux qualités éminentes qui me distinguent. Mais comme il est indispensable, au temps où nous sommes, d'en avoir un qui fasse redondance, j'y ai ajouté celui de Volubilinancour.

DOROTHÉE.

Il est en effet remarquable. C'est sans doute le nom de quelqu'une de vos terres?

MADAME NOMPAREILLE.

Je l'attribue à un vieux château qui appartenait à l'un de mes ancêtres, et que je laisse exprès tomber en ruines, pour y puiser ces grands traits de la nature auxquels mon imagination donne les couleurs et les poses fantastiques que l'on admire dans mes productions.

ADÈLE.

J'entends; votre revenu est tout en figures romantiques. Et vous avez sans doute établi votre Parnasse.....

MADAME NOMPAREILLE.

Sur les débris d'une tour crénelée, où les chauves-souris, les hibous et autres oiseaux nocturnes ont eux-mêmes fondé leur séjour ordinaire.

ADÈLE.

Vous pouvez y travailler tout à votre aise,

je ne vous y troublerai nullement. Je doute même que votre maître d'Arlincourt ait jamais songé à composer son *Solitaire* au milieu d'une telle société.

MADAME NOMPAREILLE.

Mais aussi d'Arlincourt n'est plus aujourd'hui qu'un pygmée.

ADÈLE.

Et vous êtes, vous, le prototype des auteurs à la mode.

MADAME NOMPAREILLE.

Il le faut bien, puisqu'aujourd'hui toute une jeunesse, de mes grands succès enivrée, s'est imprégnée de mes idées et de mon style, et paraît même entraîner dans son cours les plus intrépides des classiques.

DOROTHÉE.

Quoi qu'il en soit, nous vous avons fait prier de passer, pour nous rendre aujourd'hui même le plus important des services.

MADAME NOMPAREILLE.

Et de quoi s'agit-il?

DOROTHÉE.

De nous composer un divertissement à

l'occasion de la fête de notre Maîtresse.

MADAME NOMPAREILLE.

Je saisis votre intention : c'est un drame que vous me demandez ; sentimental, larmoyant, à grand spectacle, où les coups de théâtre se succèdent avec rapidité, où l'action principale, noyée dans une mer d'épisodes, étonne, ravisse, jette les spectateurs dans un état de stupéfaction et de délire, par un dénouement aussi imprévu qu'agréable et terrible à la fois.

ADÈLE.

Mon Dieu! madame Nompareille, vous m'effrayez par tous ces grands mots. Nous ne vous demandons rien de tout cela Il paraît que vous ne saisissez pas notre intention.

AIR : *Quand l'Amour naquit à Cythère.*

Nous voulons bien rire, au contraire,
Et tout le soir nous égayer;
Il ne s'agit en cette affaire
Ni de gémir, ni d'effrayer.
C'est une fête de Maîtresse

Que nous célébrons tous les ans;
Et le style de la tendresse
N'est pas celui de vos romans.

MADAME NOMPAREILLE.

Alors c'est d'amour qu'il s'agit?

DOROTHÉE.

Précisément, et du plus pur amour pour la plus vertueuse des Maîtresses.

MADAME NOMPAREILLE.

J'ai votre affaire. Pour rendre l'action plus intéressante, plus mélodramatique, j'introduirai un paladin amoureux d'une jeune châtelaine...

DOROTHÉE, *vivement.*

Oh! madame Nompareille, vous vous trompez encore : il ne faut point d'amoureux dans la pièce.

AIR : *Daignez m'épargner le reste.*

L'amour, tel que vous l'entendez,
N'est pas de mise en cet asile.
On aime bien, vous comprenez,
Mais d'un amour pur et tranquille.
C'est une flamme dont l'ardeur

N'a jamais de suite funeste,
Qui n'altère point notre humeur,
Laisse en paix l'esprit et le cœur;
Et je me tais sur tout le reste.

MADAME NOMPAREILLE.

C'est donc la froide amitié que vous voulez peindre. Alors, pour faire opposition à celle dont votre Maîtresse est l'objet, je ferai paraître un jeune homme.

ADÈLE, *vivement.*

Voilà encore que vous vous trompez de plus fort.

AIR *du Premier pas.*

Puisqu'à l'amour,
On ferme ici l'entrée,
Point de messieurs admis dans ce séjour.

MADAME NOMPAREILLE.

Quoi! pour une heure en toute une soirée!

ADÈLE, *souriant.*

En moins d'une heure on peut donner entrée
Au dieu d'amour.

MADAME NOMPAREILLE.

Mais vous rendez très difficile cette pièce. Comment, sans intrigue, pouvoir conduire une anecdote, former un nœud intéressant, présenter enfin quelque chose qui puisse émouvoir le spectateur?

DOROTHÉE.

Mais vous nous avez fait entendre que rien n'était au dessus de vos moyens.

MADAME NOMPAREILLE.

Et c'est vrai; j'espère aussi vous remettre un chef-d'œuvre.

DOROTHÉE.

Et à quelle heure nous l'apporterez-vous?

MADAME NOMPAREILLE.

Vous l'aurez à cinq heures.

DOROTHÉE.

C'est bien. Ayez l'attention seulement d'écrire les rôles sur autant de feuilles séparées, parce que nous nous contenterons de les lire. Maintenant, quel prix demandez-vous?

MADAME NOMPAREILLE.

Ah! quel prix! Fi donc! est-ce qu'un grand auteur sait descendre à des calculs de cette sorte?

ADÈLE.

Nous ne prétendons vous faire aucune injure; mais nous sommes bien aises d'être fixées, pour rendre compte à nos camarades de l'emploi de leur argent.

MADAME NOMPAREILLE.

Donnez-moi un petit à-compte de cent francs, et nous réglerons à la fin.

ADÈLE, *avec exclamation.*

Miséricorde! un à-compte de cent francs! Et quel sera donc le prix total?

MADAME NOMPAREILLE.

AIR :

Quoi! cette somme vous étonne?

ADÈLE.

Mais ne perdez-vous point l'esprit?

DOROTHÉE, *à Adèle.*

Non, non, tant qu'ainsi l'on raisonne,
On fait bien mieux que l'on écrit.

ADÈLE.

C'est pousser loin le romantique.
Rien de fait, Madame, en ce cas;
Nous aurons toujours un classique
Qui ne nous écorchera pas.

MADAME NOMPAREILLE.

Et de mon temps la perte irréparable?

DOROTHÉE.

Nous sommes au désespoir de vous avoir retenue mal à propos. Une autre fois peut-être vous serez plus traitable, et nous plus en argent.

MADAME NOMPAREILLE.

Au fond, je ne perdrai pas tout : cet événement pourra me servir d'épisode pour quelqu'un de mes ouvrages.

ADÈLE.

Voilà comme le génie sait tout mettre à profit.

MADAME NOMPAREILLE.

Adieu, mesdemoiselles, je vais reprendre la suite d'un roman.

ADÈLE, *sur un ton demi sérieux*.

Au moins à cent écus le chapitre?

MADAME NOMPAREILLE.

L'abonnement des dames le paie de reste à mon libraire.

SCÈNE III.

ADÈLE, DOROTHÉE.

DOROTHÉE.

Elle finit avec nous peut-être par une vérité.

ADÈLE.

En attendant, nous voilà aussi embarrassées qu'on peut l'être.

DOROTHÉE.

Nous ne devons pas, je crois, avoir de grands regrets. Elle nous aurait fait un galimatias sentimental, inintelligible à tout le monde, et qu'il nous aurait fallu peut-être rejeter au moment de la représentation.

ADÈLE.

Mais réponds donc à ma question principale : comment allons-nous faire ?

DOROTHÉE, *en souriant.*

Chère Adèle, comment allons-nous faire ?

ADÈLE.

AIR : *Oui, tous les matins je reçois*
Le premier baiser de mon père.

Je suis vraiment dans l'embarras.

DOROTHÉE.

Je cherche en vain dans ma pensée.....

ADÈLE.

C'est qu'en effet en pareil cas
Il nous faudrait l'art d'une fée.

DOROTHÉE, *à part.*

Dieu! quel trait me frappe à l'instant!

ADÈLE.

Quoi? que dis-tu?

DOROTHÉE.

Moi? rien, ma chère.

ADÈLE.

Rien : ce n'est pas fort consolant
Pour qui n'a pas le nécessaire.

Et toutes ces demoiselles, qui nous attendent, dans la confiance que nous préparons à la société une belle soirée?

DOROTHÉE.

Elles ne seront pas plus désappointées que nous. Il faut même les prévenir tout de suite, et les disposer à représenter celle des pièces de madame de Genlis qu'elles savent assez bien pour égayer la compagnie.

ADÈLE.

Tu as raison, c'est notre dernière ressource. (*On marche dans le corridor.*) Mais les voici qui viennent; elles sont impatientes d'apprendre quelque chose.

SCÈNE IV.

LES PRÉCÉDENTES, MATHILDE, EMMA, SOPHIE, LUCILE.

MATHILDE.

Eh bien! quelle jolie pièce vous a faite cette dame?

ADÈLE.

Hélas! aucune, ma chère petite; nous n'avons pu nous arranger.

EMMA.

Comment! je n'aurai pas de rôle à jouer? Vous m'aviez promis cependant de m'en donner un qui ferait rire tout le monde.

SOPHIE.

Et à moi aussi, mademoiselle. Maman devait me prêter tous ses bijoux; je devais étrenner une superbe robe.

ADÈLE.

Vous pourrez l'étrenner de même; car nous représenterons une pièce de madame de Genlis, et je vais tout de suite chercher l'un des volumes de son Théâtre d'éducation.

LUCILE, *avec dédain.*

Une pièce de madame de Genlis! Pour moi, je n'en veux point, c'est trop vieux.

ADÈLE.

Voyez donc, c'est trop vieux! est-ce à dire que ces pièces soient mauvaises?

LUCILE.

Non; mais tout le monde les connaît, et la nouveauté plaît toujours davantage.

AIR :

Didon, Renaud, la belle Arsène,
Tant d'autres chefs-d'œuvre autrefois,
Brillaient, m'a-t-on dit, sur la scène;
C'est aujourd'hui Robin des Bois.
Robin des Bois est à la mode;
S'il a des défauts, après tout,
Chez le français, peuple commode,
La nouveauté règle le goût.

EMMA.

Ah ! voilà pourquoi on a fait des robes à la Robin des Bois.

LUCILE.

Précisément, ma chère ; il n'est personne aujourd'hui qui n'en porte.

SOPHIE.

Je ne trouve pas cette mode très jolie ; mais lorsque maman a consulté mon goût pour la robe que j'étrenne aujourd'hui même, je l'ai bien priée de choisir l'étoffe... (*en appuyant*) à la Robin des Bois.

LUCILE, *à Adèle*.

Dites que la mode ne règle pas à présent notre goût.

ADÈLE.

Peut-être le mien aussi, chère Lucile ; car je ne suis pas moins folle que les autres. Sous ce rapport vous seriez bien fâchée, si je vous disais que Dorothée et moi nous avons presque rejeté le travail de cette dame que l'on nous avait adressée, précisément parce que c'est un auteur à la mode.

LUCILE.

Oh! voilà qui est très mal; vous avez eu cent fois tort. Pensez-vous que le public vous saurait gré de ce refus, s'il en avait connaissance? — Quel est donc cet auteur?

ADÈLE.

C'est ce qu'on nomme un écrivain romantique.

LUCILE.

Je ne connais pas bien cette espèce de genre.

ADÈLE.

Air *Te bien aimer, ô ma chère Zélie.*

Je le crois bien, un professeur classique
Va-t-il parler roman à des enfans?

LUCILE.

Bon! bon! je sais ce que tu veux dire maintenant. Après tout, (*elle continue l'air.*)

Nous nous moquons du style romantique,
Pourvu qu'un jour nous fassions nos romans.

DOROTHÉE.

Veux-tu te taire, Lucile? Je ne crois pas

qu'une seule de nous voulût être l'héroïne d'aucun.

LUCILE.

Quoi! à l'exemple de celles dont votre amie madame de Genlis nous offre tant de beaux modèles?

ADÈLE.

Oh! tout cela est superbe dans les livres. Mais il est, je crois, fort dangereux d'en courir les chances; et je ne m'étonne pas qu'il soit établi en principe que le meilleur roman ne vaut rien.

LUCILE.

Revenons à la pièce. Il est très clair,

Primo : que nous n'en avons point;

Secondo : qu'attendu l'impossibilité d'en brocher une qui vaille quelque chose, jusqu'à ce soir, il faut bien que la vieille comtesse nous ouvre son répertoire;

Tertio : que le public bâillera, et que chacun regagnera son gîte pourvu des meilleures dispositions à bien dormir.

ADÈLE.

Eh bien! c'est encore quelque chose.

AIR *C'est l'amour, l'amour, l'amour.*

Si l'esprit, l'esprit, l'esprit,
Inspire
Un joyeux délire,
Parfois ici-bas les sots,
Nous arrivent à propos.
On aime au retour d'une fête
Où l'on a comblé le plaisir,
Parcourir certaine gazette,
Pour en chasser le souvenir.
Que Morphée intraitable
Nous refuse ses dons,
Nous le rendrons affable
En lisant nos Pradons.
Si l'esprit, l'esprit, l'esprit,
Inspire
Un joyeux délire,
Parfois ici-bas les sots
Nous arrivent à propos.

LUCILE.

Recourons donc à la vieille comtesse.

DOROTHÉE.

Mesdemoiselles, il me vient une idée. Mais bah! vous allez toutes me rire au nez. N'importe, c'est dans les grandes occasions qu'il faut employer les grands remèdes.

J'ai ouï dire à notre vieille gouvernante, chez maman, qu'il existait une bonne femme dont l'imagination, le savoir et la rare intelligence, la feraient presque considérer comme une fée, si nous n'étions convaincues que la féerie est purement imaginaire. — Ce qu'il y a de certain, c'est qu'elle a fait des choses extraordinaires et qui tiennent du prodige, à ce point qu'à l'instant même elle nous tirera, j'en suis sûre, de peine, et nous composera un divertissement qui plaira à tout le monde.

LUCILE.

Nous voulons bien croire une moitié de ce que tu nous dis de cette femme. Mais quels sont donc ces prodiges qu'elle a enfantés?

DOROTHÉE.

Il arriva qu'un jour nous avions du monde

à dîner; la cuisinière mettait le couvert. La table venant à manquer sous les plats, tout fut brisé et les mets répandus à terre. On alla quérir cette vieille, et en moins d'une demi-heure nous eûmes un superbe dîner.

LUCILE.

Eh! ne vois-tu pas, sotte, que ta fée prétendue alla tout bonnement chez un restaurateur, et en fit porter les plats qui s'y trouvaient cuits à point.

DOROTHÉE.

Une autre fois la gouvernante était malade. Elle envoya chercher cette femme, qui n'eut besoin que de s'affubler la tête de la perruque d'un médecin, pour la guérir entièrement.

LUCILE.

Ton imbécille gouvernante était sans doute atteinte d'une bonne fièvre chaude. Un médecin réellement coiffé d'une perruque fut appelé pour la consulter : elle a toujours cru que c'était sa vieille sorcière.

DOROTHÉE.

Doucement, Lucile : cette vieille sorcière

vous fera peut-être divertir avant la fin du jour; et tu te repentiras de l'avoir ainsi maltraitée.

ADÈLE.

Eh bien! mesdemoiselles, pour la curiosité du fait, je suis d'avis qu'on la fasse venir.

LUCILE.

Mais Dorothée n'a pas fini de nous raconter les prodiges de sa divinité.

DOROTHÉE.

Je n'ai pas besoin d'en dire davantage, si ma bonne vieille est appelée ici. Vous jugerez par vous-mêmes de sa puissance et de ses grands talens.

ADÈLE.

Oh! pour cette année, la société ne sera pas émerveillée.

EMMA.

Mais j'ai une idyle à déclamer.

SOPHIE.

Et moi, un joli compliment.

MATHILDE.

Et moi, une fable charmante.

LUCILE.

Les enfans feront l'honneur de la fête.

EMMA.

Voyez donc, les enfans! — De grandes demoiselles comme vous n'ont pas su composer une pièce.

LUCILE.

Ce n'est pas le mot, mademoiselle; nous nous en serions occupées, si nous n'avions compté sur le faiseur ordinaire. Mais à défaut de pièce, Bonne-Amie recevra l'expression simple et naïve de notre amour.

ADÈLE.

Et la fée, d'ailleurs!

LUCILE.

Je l'avais déjà perdue de vue.

DOROTHÉE.

Je vais écrire un mot pour la faire venir. En attendant, allez vous habiller.

TOUTES.

Allons vite, allons vite.

(Elles sortent toutes.)

ACTE DEUXIÈME.

SCÈNE PREMIÈRE.

ADÈLE, EMMA.

ADÈLE.

Nous voilà habillées comme si nous devions réellement jouer quelque rôle de princesse. Il ne nous manque plus que la fée de Dorothée, pour nous le dicter à toutes deux.

EMMA.

Je crois que la pauvre Dorothée aura fait une course inutile, et finira par avoir honte de nous en avoir entretenues.

ADÈLE.

N'as-tu jamais entendu parler de femmes qui tirent les cartes, et prétendent découvrir l'avenir? Eh bien! c'est quelque duègne de ce genre, qui attrape de l'argent aux imbécilles qui ont la bonté d'ajouter foi à ses propos.

EMMA.

Je ne sais même si nous ne sommes pas coupables d'employer une femme de cette sorte. Et Dorothée, si scrupuleuse en tout....

ADÈLE.

Ah! voilà Lucile, un papier à la main. Que nous vient-elle dire?

SCÈNE II.

LES PRÉCÉDENTES, LUCILE.

LUCILE.

Mesdames, je vous annonce la Fée ; elle va arriver à l'instant même. Mais Dorothée ne peut être des nôtres.

ADÈLE.

Comment! Dorothée ne vient pas?

LUCILE.

Non, voici le billet qu'elle m'écrit : « Au moment où j'entrais à la maison, j'ai « reçu l'avis de me rendre vite chez une amie « intime qui réclamait mon ministère. Il a « fallu me déshabiller à la hâte, et prendre « un costume plus conforme à la situation de

« cette amie. J'ai supplié qu'on envoyât qué-
« rir la bonne femme dont je vous ai parlé.
« Heureusement, on l'a trouvée, et elle a
« promis d'aller aussitôt à la pension. Fais
« agréer mes excuses à toutes nos amies. Je
« tâcherai d'attraper un morceau de votre
« soirée. DOROTHÉE. »

ADÈLE.

Oh! je suis bien fâchée qu'elle ne soit pas des nôtres.

EMMA.

Et moi aussi; qu'allons-nous devenir avec cette vieille?

LUCILE.

Ah! mon Dieu, je crois que la voilà.

SCENE III.

LES PRÉCÉDENTES, LA FÉE URGATE,

(Toute courbée et appuyée sur une canne.)

LA FÉE.

Une très brave demoiselle m'a fait prévenir qu'on avait ici besoin de mes services : serait-ce vous, par hasard, mes belles demoiselles?

ADÈLE, *à Lucile.*

Parle-lui, toi.

LUCILE, *à Adèle.*

Non, toi.

ADÈLE, *à Emma.*

Réponds donc, Emma.

EMMA, *à Adèle.*

Je ne sais que lui dire.

LA FÉE.

Vous ne répondez ni les uns ni les autres; vous aviez cependant plus de langue tout à l'heure.

LUCILE.

Et comment le savez-vous? vous n'étiez pas ici.

LA FÉE.

Non, je n'y étais pas; mais cette baguette (*elle montre une baguette*) a un pouvoir magique tel, que par elle je sais tout.

LUCILE, *bas à Adèle.*

Ma chère, cette vieille me fait peur.

LA FÉE.

Ne craignez rien, ma chère demoiselle; la vieille sorcière ne vous veut aucun mal.

LUCILE.

Personne ne vous appelle ainsi, et vous auriez tort....

LA FÉE.

Ce qui est passé est passé. D'ailleurs je suis la bonne Fée, c'est ainsi du moins qu'on me nomme. De quoi s'agit-il donc?

ADÈLE.

Mais si vous êtes fée, ne le devinez-vous pas?

LA FÉE.

Voilà que vous doutez de mon talent : que faudrait-il donc pour vous en donner un exemple?

LUCILE.

Pouvoir récréer toute une société qui dans un moment sera ici réunie.

LA FÉE.

Eh bien! nous allons faire une répétition.

(Elle trace un cercle sur le plancher, et prononce trois fois :

Chorégrapha, Chorégrapha, Chorégrapha.

Puis fait trois tours dans la chambre, et frappe une chaise de sa baguette.

A l'instant, trois bergères sortent d'une coulisse, en se tenant par des guirlandes de fleurs, et dansent une ronde.

Après cette danse, la fée lève sa baguette en l'air, et aussitôt les bergères se retirent.)

LUCILE.

Quoi! ces bergères sont ainsi à votre disposition!

LA FÉE.

Il n'y a point de doute, et beaucoup d'autres aussi que vous ne soupçonnez pas.

EMMA.

Peut-être nous, madame la Fée? Dans tous les cas, nous vous demandons bien pardon d'avoir pu douter de votre grand pouvoir.

LA FÉE.

N'ayez aucune crainte, chère enfant; je vous ai déjà dit que je n'étais pas vindicative. — Mais continuons notre répétition.

(Elle fait de nouveau un cercle sur le plancher, en prononçant trois fois :

Cantaoura, Cantaoura, Cantaoura,

puis donne un coup de sa baguette sur l'épaule de Lucile, qui s'écrie :)

LUCILE.

Ah! toute puissante fée! (*elle se jette à ses pieds :*) pardon, mille fois pardon.

(La Fée la rassure d'un geste, et la relève. — A l'instant on entend plusieurs voix qui chantent en chœur une romance. — Ce chant aura lieu dans les coulisses. — Après le chant, Lucile prend la parole.)

LUCILE.

Mon Dieu! que j'ai eu peur! Ce coup de baguette m'a occasioné un frisson que je ne saurais exprimer.

LA FÉE.

Je vous ai cent fois répété que je ne me vengeais point des injures d'autrui. Nous ne sommes ici d'ailleurs que pour nous divertir.

(Elle donne un grand coup de sa baguette sur le plancher.)

ADÈLE, *tout effrayée.*

Ah! maman!

(Une bergère entre aussitôt, portant une guitarre. Elle salue trois fois la Fée, et lui remet l'instrument. — Celle-ci le prend; la bergère lui avance un siége. — La Fée chante alors un air, en s'accompagnant de sa guitarre....

La Bergère reprend ensuite l'instrument, salue la Fée et se retire.)

LUCILE.

Pour être si vieille, vous possédez une voix bien fraîche et bien sonore.

LA FÉE.

C'est toujours ma voix de quinze ans.

LUCILE.

Je vous en félicite; il est bien dommage que vous n'en ayez plus ni la taille, ni la figure.

LA FÉE.

L'une et l'autre reviendront peut-être. Qui sait même si, pour vaincre votre incrédulité............— Mais le temps s'écoule; je voudrais qu'il fût en mon pouvoir de vous rendre moins bavarde.

ADÈLE.

Je ne suis certes pas incrédule; je ne dirai plus qu'il n'y a pas de fées, comme on s'efforce de nous le prouver. Daignez donc mettre le comble à vos bontés, en achevant cette soirée intéressante.

LA FÉE.

Où sont vos fleurs, pour en former un

bouquet digne d'être présenté à votre Maîtresse?

LUCILE.

Eh mon Dieu! nous n'en avons point.

LA FÉE.

Il est temps de s'en occuper, vraiment! Je ne sais où vous aviez la tête d'attendre à la dernière minute.

(Elle trace un cercle en l'air, en disant assez haut:)

Déaflorescala.

Puis elle donne un coup de baguette sur le plancher. — Des Bergères arrivent en dansant, et répandent çà et là des fleurs qu'elles tirent de leurs tabliers.

Lucile, Adèle, Emma, les ramassent en disant:

Oh! que de fleurs! que de fleurs! quel beau bouquet nous pouvons faire!

LA FÉE.

Eh bien! êtes-vous satisfaites?

ADÈLE.

Oui, certes, nous le sommes; en voilà plus mille fois qu'il ne faut.

LUCILE, *à la Fée.*

Voudriez-vous nous donner maintenant quelque jolie idée pour adresser un compliment à notre Maîtresse?

LA FÉE.

Avez-vous là une plume et de l'encre?

(Les pensionnaires cherchent de tous côtés, et disent.)

Mon Dieu! nous n'en avons point ici.

LA FÉE.

Et précisément j'ai oublié mes lunettes.

LUCILE.

Mais une fée ne saurait être en peine; un coup de sa baguette....

LA FÉE.

Vous croyez cela, ma belle demoiselle? Eh bien! pour vous prouver que je ne le suis point, mettez-vous de ce côté, je vous prie, et laissez opérer ma baguette.

(Elle décrit un cercle en l'air et un autre sur la terre; touche trois fois Lucile avec sa baguette, puis a l'air d'écrire quelques mots sur la muraille, frappe du pied sur le plancher. — Une petite bergère vient en sautant en rond sur la scène, et tenant un bouquet qu'elle présente à Lucile d'un air fort gracieux. — Lucile prend le bouquet; un papier écrit tombe du milieu des fleurs. — La Bergère se retire.)

LUCILE, EMMA, ADÈLE,

(S'empressent de le ramasser, et s'écrient toutes ensemble.)

Ah! voilà le compliment.

LA FÉE.

Oui, c'est un compliment, mademoiselle Lucile, et vous le devez à ma baguette.

LUCILE.

Je ne doute plus de son pouvoir; vous avez mis le comble à vos bontés.

ADÈLE.

Pour moi, j'avoue que j'avais quelque peur; mais je suis un peu rassurée.

LUCILE.

Lisons cependant le compliment : s'il y avait quelque chose à retoucher!.....

LA FÉE.

Ah! vous croyez qu'il n'est pas bien! Je ne prétends pas venger mon amour-propre, mais je veux vous punir de vos doutes injurieux.

(Elle touche avec le bout de sa baguette le papier que Lucile a dans la main.)

Lisez ce papier.

(Lucile le déplie; il se trouve blanc des deux côtés.)

LUCILE.

Oh! pour cette fois, il n'est ni bien ni mal, je vous le garantis.

LA FÉE.

Veuillez le replier, Mademoiselle.

(Lucile le replie.)

(La Fée trace un cercle sur le jupon d'Adèle, et dit tout haut :)

Passez.

ADÈLE.

Mon Dieu! il me tombe un papier dans la main.

LA FÉE.

Dépliez-le.

(Adèle déplie le papier, et s'écrie aussitôt.)

Ah! il est écrit.

LA FÉE.

C'est encore la baguette qui a fait le prodige.

ADÈLE.

Mais à présent on peut le lire.

LA FÉE, *lui prenant le papier.*

Pas tout-à-fait. Lorsqu'on sera plus sage, je verrai si l'on peut s'en servir.

EMMA.

O ma bonne dame, je ne vous ai rien fait, moi; je ne me suis point moquée de vous.

ADÈLE.

Vous nous excuserez bien d'avoir été un moment incrédules; mais on nous a tant dit qu'il n'y avait plus de fées!

LUCILE.

Si vous retenez ce compliment, nous ne pourrons pas souhaiter de bonne fête à notre Maîtresse.

LA FÉE.

C'est en sa considération que je veux bien mettre fin à ma justice.

(Elles se rangent en face du public, en se tenant par la main. — La Fée frappe un coup de sa baguette. — Toutes les bergères viennent par les coulisses sur le théâtre, et se placent devant la Fée, en sorte que celle-ci est seule sur le derrière. — Elle dépouille à la hâte l'habit et la coiffure postiches qui la couvraient, frappe un coup de baguette, et dit tout haut :)

Qu'on se range.

(Les pensionnaires se rangent de côté et d'autre, de manière que la Fée puisse paraître à découvert. Toutes s'écrient à la fois)

Ah ! voilà Dorothée !

LUCILE.

Et où est la Fée ?

DOROTHÉE.

C'est moi, chère Lucile, cette baguette a opéré la métamorphose.

LUCILE, *étonnée.*

Je t'assure vraiment que je ne m'en serais jamais doutée.

DOROTHÉE.

J'ai tout fait au moins pour rendre complète l'illusion. Mais mon pouvoir de fée est trop borné, tu penses, pour avoir pu le prolonger davantage... — Les prétentions de madame Nompareille de Volubilinancour ne nous laissant aucun espoir, il a bien fallu tenter à la hâte de divertir la société. Je n'y ai pas réussi au gré de mes désirs ; mais je connais son indulgence, elle appréciera du moins notre intention.

(On voit paraître madame Nompareille.)

LUCILE.

Ah ! voilà notre auteur romantique.

MADAME NOMPAREILLE.

Mesdemoiselles, voulant m'assurer par moi-même comment vous remplaceriez la pièce que j'aurais imaginée pour cette soirée, je me suis glissée dans la foule, et j'ai tout vu, tout entendu. — La conception d'une baguette magique a fort heureusement fait paraître vos talens dans la musique et dans la danse. Je pourrais bien vous adresser le reproche de la féerie, comme vous faites à moi celui des spectres, des beffrois et des chouettes. Mais on explique par des moyens si naturels le pouvoir miraculeux de votre fée, qu'il n'y a pas le mot à dire. — Chacun a ri, chacun s'est montré satisfait. Reste à savoir si votre compliment mettra le comble à l'attente du public.

DOROTHÉE.

Je n'ai consulté que le cœur de notre Maîtresse, et j'ai laissé parler le mien. — Il est temps de l'adresser à celle qui en est l'objet chéri.

(Elle déplie le compliment, et le prononce en ces termes.)

Chère et bonne Maîtresse,

« Qu'attendez-vous de vos élèves, dans « cet heureux anniversaire de votre fête? « Toujours amour, toujours reconnaissance. « Elles s'efforcent tous les ans de vous en « offrir le témoignage; elles voudraient en « varier les expressions, et faire toujours « mieux ressortir les émotions qu'elles éprou- « vent; mais il n'est fée, ni classique, qui « puisse y réussir. Agréez donc leurs vœux « dans la simplicité que leurs cœurs vous les « offrent, et permettez que nous unissions à « nos voix celles de vos anciennes élèves, « qui garderont à jamais le souvenir de vos « bontés, comme nous-mêmes nous conser- « verons jusqu'au tombeau l'image de celles « que vous nous prodiguez. »

(Elles saluent le public.)

Une
PREMIÈRE JOURNÉE
DE VACANCES.

PERSONNAGES.

MADAME DORIGNY.

MADAME D'ORBE.

AMYNTHE, fille de madame Dorigny.

LAURE,	
AMÉPHINE,	Amies de pension d'Amynthe.
LÉOCADIE,	

LISBETH, femme de chambre de Mme Dorigny.

MARIE, vieille domestique louée nouvellement par madame Dorigny.

(La scène se passe dans la maison de campagne de madame Dorigny.)

Une Première Journée
DE VACANCES,

VAUDEVILLE EN UN ACTE ET EN PROSE,

Mêlé de couplets.

SCÈNE PREMIÈRE.

MADAME DORIGNY, MADAME D'ORBE.

MADAME D'ORBE.

J'ai bien pensé que mademoiselle Amynthe ne pouvait tarder à arriver, et j'ose assurer que vous n'êtes pas moins impatiente qu'elle.

MADAME DORIGNY.

Jugez, madame; il y a plus de quatre mois que je ne l'ai embrassée. J'aurais pu absolument la voir au moins tous les quinze jours : la tendresse maternelle a dû céder à l'intérêt de son éducation. Son père, avant de partir, m'a fortement recommandé de lui écrire régulièrement, mais de la voir le moins souvent possible, pour ne pas la distraire de ses obligations comme élève, et surtout pour ne rien déranger au plan suivi dans la pension. — Monsieur Dorigny connaît si bien les faiblesses de mère!

MADAME D'ORBE.

J'admire votre déférence aux conseils d'un époux ; on ne saurait être plus soumise.

MADAME DORIGNY.

Il m'en a coûté, je vous l'avoue ; mais la raison.....

MADAME D'ORBE.

Vous convenez donc que la raison peut être du côté des hommes?

MADAME DORIGNY.

Au moins dans cette circonstance.

MADAME D'ORBE.

Gardez-vous de le leur dire trop en face ; ils sont déjà si pleins d'eux-mêmes!

AIR

Ces messieurs toujours ont raison ;
Leurs moindres mots sont des oracles.
Femme maîtresse en sa maison!
On ne voit plus de tels miracles.

Feu mon époux (Dieu soit en lui !)
Me laissait tout faire à ma tête.
S'il disait non, je disais oui ;
Combien aussi je le regrette !

MADAME DORIGNY.

Mais enfin vous pouviez quelquefois avoir tort.

MADAME D'ORBE, *vivement.*

Jamais, ma chère, jamais. Il ne faut pas qu'une femme ait tort auprès de son mari ; dans le monde surtout.

MADAME DORIGNY.

Vous avez raison ; mais faut-il dans le monde qu'un homme passe pour un sot, lorsqu'il s'agit particulièrement de choses importantes ?

MADAME D'ORBE.

Le mal n'est pas si grand que vous le faites ; et puis on dira que le mari aime son épouse à la folie, ce qui le fera estimer bien davantage.

MADAME DORIGNY.

Je crains bien au contraire qu'on ne dise de la femme qu'elle est acariâtre, entêtée, bizarre; et du mari, qu'il a l'air de céder pour avoir la paix dans sa maison. — Mais revenons à mon Amynthe.

AIR :

Quelle jouissance à mon âge
De revoir parfois cet enfant!
Elle est, dit-on, un peu volage;
Mais elle a le cœur excellent.
A tous les dons, moi, je préfère
Nobles penchans, cœur généreux,
Car du bonheur tout le mystère
Consiste à faire des heureux.

MADAME D'ORBE.

Prenez garde cependant, ma chère, que sa générosité ne lui soit un jour funeste. Eh! eh! Il en coûte souvent bien cher à ceux qui naturellement sont disposés à donner aux uns et aux autres. Feu mon époux (que Dieu lui fasse paix!) avait bien un peu ce défaut; mais j'étais là pour dire *non*, et il s'en allait sans mot dire. Aussi, combien je le regrette!

MADAME DORIGNY.

Ce devait être un bien honnête homme, que monsieur d'Orbe.

MADAME D'ORBE.

Et facile donc, complaisant, soumis à mes volontés, sans réplique! c'était le modèle des époux. — Je vous l'ai dit, on n'en voit plus de cette trempe.

MADAME DORIGNY.

D'autres que vous pensent différemment.

MADAME D'ORBE.

C'est que vous êtes mille fois trop indulgente. On pourrait facilement vous détromper; mais nous en parlerons une autre fois plus amplement. — L'arrivée de mademoiselle Amynthe vous procurera certainement beaucoup de monde; vous aurez des visites sans nombre; et Dieu sait combien la jeunesse du pays se promet de plaisir pendant ces vacances!

MADAME DORIGNY.

Ma fille est encore trop jeune pour fixer les regards du public. Je ne dois songer pour elle qu'à son instruction. Quant aux demoiselles du pays, elle les recevra sans doute, et celles-ci pourront se joindre à trois amies de pension qu'elle emmène avec elle. C'est au moins ce qu'elle m'annonce dans sa lettre.

MADAME D'ORBE.

(En retournant sur son fauteuil.)

Ah! voilà ce que je ne savais pas. Ce sont, je pense, des demoiselles de haut parage? — Mon Dieu! j'ai l'air de vous interroger; je ne suis pas cependant curieuse.

MADAME DORIGNY.

Votre curiosité, si c'en est une, est toute fondée sur l'amitié que vous portez à ma famille.

MADAME D'ORBE.

Vous dites vrai, chère Dorigny. Feu monsieur d'Orbe (ce cher homme me revient toujours à la mémoire) ne me laissait jamais finir une question; il y répondait avec une promptitude sans égale. Il me confiait jusqu'aux moindres bagatelles, tant ma discrétion lui était connue!

AIR :

Combien de fois, par mon instinct guidée,
J'ai découvert maints secrets de bureau!
Lui, sur-le-champ, expliquant ma pensée,
Me disait tout, sans omettre un zéro.

MADAME DORIGNY.

J'entends : il prévenait ainsi vos innocens désirs, et vous faisait participer, sans inconvénient je pense, à la connaissance des affaires les plus importantes. — Il ne s'agit point ici de mystère de cour ; c'est tout bonnement une lettre d'une fille à sa mère. En voici le contenu :

« Très chère maman,

« Nous entrons en vacances; demain j'au-
« rai le bonheur de te voir, de t'embrasser.
« J'emmène, selon que tu m'y as autorisée,
« trois jeunes personnes de mon âge, dont
« les parens sont aux colonies, pour passer
« avec moi le temps des vendanges. Ce sont
« des filles d'honnêtes négocians ou proprié-
« taires; j'espère que tu leur accorderas ton
« amitié, dont elles sont dignes par leur sa-
« gesse et leurs talens. Nous partons toutes
« quatre sous la conduite de madame Fleu-
« riot, qui est venue chercher sa demoiselle.
« Elle a pris, à cause de nous, la voie du ba-
« teau à vapeur. Tu n'as donc pas besoin de

« te déplacer toi-même, comme tu me l'avais « annoncé. Une heureuse occasion s'est pré- « sentée, la maîtresse m'a conseillé de la « saisir. — Adieu, chère maman ; je te quitte « pour veiller à mes paquets. Dans 24 heu- « res je serai dans tes bras.

Ta fille respectueuse,

AMYNTHE.

MADAME D'ORBE.

Ce sont, je le vois, de petites bourgeoises qu'elle s'est accolées. Prenez garde, souvent trop de familiarité....... des libertés réciproques....... et puis les mésalliances qui en résultent....... c'est votre affaire enfin, je n'ai pas besoin de vous catéchiser à cet égard. Monsieur Dorigny ne l'aurait peut-être point souffert.

MADAME DORIGNY.

Pardon : vous me disiez à l'instant même que les femmes devaient faire à leur guise, et n'avoir pas égard à l'opinion de leurs maris. — Dans tous les cas, M. Dorigny m'a approuvée dans cette circonstance ; car, tout bsent qu'il est, j'ai dû l'informer des personnes que je me proposais de recevoir dans sa maison.

MADAME D'ORBE.

Je n'ai rien à dire, les affaires des autres ne me regardent pas. — Tenez-vous toujours sur vos gardes. — Allons, je suis enchantée de l'arrivée de mademoiselle Amynthe, et désire que vous la trouviez grandie.

MADAME DORIGNY.

Est-ce que vous vous en allez sitôt? Je vous aurais engagée à faire un tour dans la charmille.

MADAME D'ORBE.

Je vous rends bien des grâces; j'ai quelques visites à faire; et puis je veux passer chez M. de Valmont. Il y a quelque chose sur le tapis dans cette famille; elle ne m'en a rien dit; mais je tirerai cela au clair. Ils seront plus fins que moi, si je ne finis par savoir le mystère. (*Elle se lève.*) Sans adieu: je vous reverrai dans la soirée, et saurai vous dire quelque chose.

MADAME DORIGNY.

Adieu, Madame, au plaisir de vous revoir.

SCÈNE II.

MADAME DORIGNY, seule.

Je n'ai certes pas envie de connaître les secrets de monsieur de Valmont. Madame d'Orbe peut y avoir quelque intérêt; pour moi, j'ai bien assez de ce qui me regarde. — Il faut cependant ne pas tarder à envoyer quelqu'un au port : le bateau à vapeur passe ordinairement à 4 heures, et il est... (*elle regarde à sa montre*) une heure moins un quart. Il y a du temps encore; je puis rendre une couple de visites avant l'arrivée de ma fille. (*Elle sonne.*) Que n'ai-je le pouvoir d'abréger les heures !

SCÈNE III.

MADAME DORIGNY, LISBETH.

LISBETH.

Vous avez sonné, Madame : qu'y a-t-il pour votre service?

MADAME DORIGNY.

Comme j'ai encore le temps de sortir avant que nos jeunes personnes soient arrivées, réitère, je te prie, au valet de ne pas oublier d'aller au port avec la charrette, pour y recevoir leurs effets à la descente du bateau à vapeur.

LISBETH.

Je l'ai rencontré tout à l'heure; il m'a bien assuré qu'il irait.

MADAME DORIGNY.

A propos, cette femme que j'ai arrêtée il y a huit jours, et qui devait être ici le surlendemain, n'a donc plus reparu?

LISBETH.

Du tout; elle se sera vraisemblablement louée à Paris.

MADAME DORIGNY.

Je ne le pense pas; elle me promit solennellement de revenir aussitôt qu'elle aurait terminé ses petites affaires, et elle paraissait trop satisfaite d'avoir trouvé chez moi une place, pour que je puisse croire qu'elle ait changé d'avis.—Je crains plutôt qu'elle ne soit tombée malade; à son âge, le moindre dérangement peut devenir sérieux. Elle me serait cependant bien utile en cette circonstance; quatre personnes de plus dans la maison!....

LISBETH.

Mais puisqu'elle n'a rien fait dire à Madame, il est à croire que ce n'est qu'un retard, et qu'elle viendra incessamment.

MADAME DORIGNY.

Oui, je m'arrête à cette idée; car sans cela je louerais de suite une femme du pays pour tout le temps des vacances. Tu seras, durant cette époque, au service des quatre jeunes personnes, et tu auras bien assez à faire.

LISBETH.

Ne fût-ce que pour la toilette. Je suis sûre que, tant pour les unes que pour les autres, les chapeaux et les robes vont m'occuper une grande partie de la journée, et cela tous les jours. En attendant, je négligerai les vôtres.

MADAME DORIGNY.

Tu travailleras sans doute pour ces demoiselles, mais j'entends que ces demoiselles travaillent pour moi. Ne crois pas qu'elles passent le temps à ne rien faire. L'époque des vacances est, il est vrai, celle d'un plus long délassement que celui que l'on prend dans le cours d'une année; mais on ne doit pas moins étudier à cette époque et se préparer à de nouvelles acquisitions. Ma fille particulièrement, qui, cette année, n'a pas eu un seul prix, ne saurait perdre une journée.

LISBETH.

Cette pénible idée ne vous abandonne pas. Êtes-vous bien sûre, Madame, qu'elle n'en ait eu aucun?

MADAME DORIGNY.

J'en ai pour preuve sa lettre. Vois si elle m'en parle aucunement, elle qui était si empressée, les autres années, de m'en faire part!

LISBETH.

Daignez vous rappeler qu'elle a été malade presqu'un mois; que les autres pensionnaires ont marché en attendant; et qui sait s'il n'en est pas venu quelqu'une tellement forte, que mademoiselle Amynthe n'ait pu l'attraper, malgré tous ses efforts?

MADAME DORIGNY.

Mon Dieu! mon Dieu! tu plaides admirablement bien sa cause.

Air

Devant un juge tel que moi
Tu n'as pas besoin d'éloquence;
Si l'affaire est mauvaise en soi,
Mon cœur est là pour sa défense.
Peut-être ici ma vanité
A-t-elle souffert quelque atteinte;
Mais je ne ressens que bonté
Quand la coupable est mon Amynthe.

LISBETH.

Ne saurait-on aussi n'avoir aucun mérite, parce qu'on n'aurait remporté aucun prix? J'ai ouï dire à Monsieur qu'il y avait de la gloire à marcher sur les pas du génie, sans pouvoir l'égaler.

MADAME DORIGNY.

Je te le répète : mon cœur accueille volontiers tous ces moyens d'excuse, et je t'assure que je ne gronderai point ma fille. J'exigerai d'elle seulement qu'elle travaille chaque jour avec ses amies. Nous leur préparerons ici ou ailleurs une salle d'étude. (*Elle tire sa montre.*) Une heure passée. Je vais rendre mes visites, et je serai encore ici avant leur arrivée. Tu vas me suivre jusqu'au fond de la petite allée, je veux sortir par le derrière.

(Elles sortent par une porte latérale; Amynthe, Laure, Améphine, Léocadie, entrent par celle qui est opposée.)

SCÈNE IV.

AMYNTHE, LAURE, AMÉPHINE, LEOCADIE.

AMYNTHE.

Nous voilà chez nous, grâce à Dieu! Puisque maman est sortie, nous pouvons nous installer en son absence; elle sera toute surprise de nous voir. Je jouis à l'avance du bonheur de cette journée : elle sera d'un heureux présage pour tout le temps que nous avons à passer ici.

LÉOCADIE.

Ta maman ne connaît aucune de nous; à peine nous-mêmes l'avons-nous aperçue à la pension. Reste à savoir si nous répondrons à son attente.

AMYNTHE.

Je lui ai déjà fait votre portrait, c'est-à-dire que je vous ai peintes telles que vous m'avez toujours paru. Elle a agréé les nœuds qui me lient à vous. Soyez auprès d'elle ce que vous êtes ; vous lui plaisez déjà ; vous continuerez à lui plaire.

LAURE.

Je t'assure bien que je ne serai avec elle ni embarrassée ni guindée. Lui as-tu dit au moins que j'étais la plus folle des folles?

AMYNTHE.

Je ne le lui ai point caché, et j'ai ajouté même qu'il n'est pas de garçon qui te passe en fait d'espiéglerie. Je ne lui ai pas tu non plus que tu avais le meilleur cœur, et que ton imagination était des plus fécondes.

AMÉPHINE.

Si tu as été aussi franche par rapport à moi, tu as dû lui dire que je te chérissais plus qu'une sœur.

LÉOCADIE.

J'espère bien que tu lui en auras dit autant de moi.

AMYNTHE.

Et c'est précisément la tendre affection que vous me portez, sans parler des heureuses dispositions de votre esprit, qui l'a fait sourire au plaisir de vous avoir pendant les vacances.

LAURE.

Mais si, en attendant l'arrivée de madame Dorigny, nous faisions un tour de promenade dans ce beau parc que j'ai vu à l'entrée?

LÉOCADIE.

Oh! ma chère, tu n'y penses pas : il convient que nous attendions ici même madame Dorigny.

LAURE.

Tu as raison, je suis une étourdie. Mais je m'ennuie déjà de ne rien faire.

AMÉPHINE.

S'il y avait ici quelque livre.....

LAURE.

AIR : *De la visite de Bedlam.*

Des livres! ma foi, c'est assez
D'avoir lu dix mois de l'année;
Et puisque le temps est passé,

Profitons de la destinée.
Les pensums me suivent partout ;
J'en ai tellement pris l'usage,
Que je croirais voir bout à bout
Des pensums pour le moindre ouvrage.

AMÉPHINE.

S'il y avait des raquettes, nous ferions une partie de volant.

AMYNTHE.

Les nôtres sont dans nos malles ; nous ne les aurons que ce soir.

LÉOCADIE.

Mon Dieu ! à peine arrivées, voilà déjà que vous songez à vous amuser. N'avez-vous point assez ri dans le bateau ?

LAURE.

Oh ! convenons, ma chère, qu'il y avait en effet de quoi rire. — Cette vieille Dame qui mange comme quatre, et qui rend ensuite tout son déjeuner dans le chapeau de son mari, que celui-ci avait mis à terre faute de chaise ; — Ce dernier qui, en se levant à la hâte, déchire la robe de sa voisine, qui de son côté gronde, se fâche, et jure qu'elle ne remettra plus les pieds dans un bateau lorsqu'il y aura autant de monde; — Ces quatre messieurs autour d'une table, regardant de sang-froid cette scène, sans perdre un coup de dent; — Le vieux mari qui m'apostrophe en me voyant rire aux éclats; — Le garçon du restaurant qui casse une bouteille en voulant la déboucher; — Un ex-conseiller nouvelliste, qui demande *la Quotidienne* au lieu du *Journal des Débats* qu'on lui donne, et qu'il ne peut aimer quoique jamais il ne l'ait lu; — Cet autre enfin qui prétend ne perdre à l'écarté que parce que les cartes sont trop épaisses, et qui les jette au nez du garçon pendant que celui-ci portait une tasse de café...... J'espère qu'il aurait fallu ne pas voir pour ne pas rire; et que vous toutes vous avez ri autant que moi.

AMÉPHINE.

Il est certain que nous avons passé quelques heures sans nous apercevoir de la longueur du temps.

AMYNTHE.

Pour moi, je trouve que maman tarde

bien à venir : j'ai envie d'aller à sa rencontre. Qui est-ce qui veut venir?

LÉOCADIE, AMÉPHINE.

Moi, moi.

AMYNTHE.

Il serait bien qu'il en restât deux, pour la recevoir dans le cas où je ne la rencontrerais pas.

AMÉPHINE.

Eh bien! je vais rester avec Laure.

(Amynthe et Léocadie sortent.)

SCÈNE V.

LAURE, AMÉPHINE.

AMÉPHINE.

Il est assez drôle cependant que nous soyons ici comme maîtresses de la maison. Et si quelque étranger venait?

LAURE.

Eh bien! ma chère, nous lui ferions honneur.

AMÉPHINE.

Je t'assure que je serais passablement embarrassée, n'étant pas faite aux coutumes du pays, ni aux localités.

LAURE.

Moi, point du tout. Je voudrais au contraire que quelque bonne aventure nous survînt pendant l'absence de ces dames.

(Tandis qu'elle parle, Améphine regarde négligemment à la fenêtre.)

AMÉPHINE.

Tiens, tiens, j'aperçois une dame qui vient par la grande allée.

LAURE *se lève, et va regarder.*

C'est vraisemblablement madame Dorigny.

AMÉPHINE.

Je m'étais figuré madame Dorigny jeune et alerte. Celle-là m'a l'air d'avoir soixante ans au moins.

LAURE.

Oh! mon Dieu! elle marche comme une oie entravée; elle s'appuie sur une canne; elle a des hanches qui semblent aller par ressorts.

AMÉPHINE.

Veux-tu ne pas tant crier?

(On entend une voix qui s'écrie

Est-elle arrivée?

LAURE, *en se retirant de la croisée.*

J'en demande pardon à Amynthe, mais elle a là une plaisante mère.

AMÉPHINE.

Je t'assure que ce n'est pas madame Dorigny : il n'est pas possible.

LAURE.

Si ce n'est pas elle, je m'apprête à bien rire.

AMÉPHINE.

Oh! Laure, je t'en conjure, ne va pas faire des tiennes. — Mon Dieu! voilà que l'on monte.

SCÈNE VI.

LAURE, AMÉPHINE, MADAME D'ORBE.

MADAME D'ORBE, *en entrant.*

Vous ne m'avez point comprise, lorsque je vous ai demandé..... Mais ai-je la berlue, ou ne me trompé-je point? — J'ai cru parler à madame Dorigny, et ce n'est aucune de vous. — Est-ce qu'elle est sortie?

AMÉPHINE.

Oui, Madame, et nous l'attendons.

MADAME D'ORBE, *en s'asseyant.*

Je crois que c'est bien vainement. Sa fille arrive aujourd'hui même avec nombreuse compagnie; je doute que vous puissiez l'entretenir à votre aise.

LAURE.

Nous nous en flattons cependant; elle a toujours quelques instans à donner à ses amis.

MADAME D'ORBE.

Vous la connaissez donc particulièrement?

LAURE.

Point du tout, nous ne l'avons jamais vue.

MADAME D'ORBE.

Comment! vous ne la connaissez pas, et vous parlez de son amitié pour vous.

LAURE.

C'est pourtant l'exacte vérité.

MADAME D'ORBE.

Qui êtes-vous donc, pour tenir ce langage?

LAURE.

Disposées à vous offrir nos services en quoi que ce soit.

MADAME D'ORBE.

Je vous remercie; mais puisque vous parlez ainsi, y a-t-il long-temps que vous avez quitté Paris?

AMÉPHINE.

Non, Madame, c'est tout nouvellement.

MADAME D'ORBE.

Vous me direz donc quelles sont les dernières modes?

LAURE, *vivement.*

Les tailles longues, des capotes grenats ou à patache. Oh! Madame, il vous faut une taille longue, et des manches six fois au moins plus amples.

MADAME D'ORBE, *se regardant.*

Vous trouvez que ces gigots ne sont pas assez larges?

LAURE.

Vous seriez à Paris du dernier ridicule. Et puis (*en lui levant sa robe*) il vous faut des souliers à guêtres, c'est la chose indispensable. Ajoutez à cela un nœud de velours ou de ruban à franges sur le devant; un cannesou; un sentiment en or, huit ou dix bagues au même doigt, des manchettes relevées, une ferronière. — En vérité vous n'êtes nullement au goût du jour.

MADAME D'ORBE.

Il sera facile de m'y mettre : vous ne quittez pas le pays?

LAURE.

Pas encore. Nous aurons l'honneur de vous voir avec madame et mademoiselle Dorigny.

MADAME D'ORBE.

Mais il me paraît que vous êtes des modistes, et je ne reçois pas chez moi des gens de cette sorte, si ce n'est pour ma toilette.

LAURE.

J'espère bien que nous aurons aussi l'honneur de manger avec vous.

MADAME D'ORBE.

Voilà qui est par trop impertinent.

(En faisant un demi-tour sur sa chaise, son chapeau tombe à terre. — Laure le relève, et se met en devoir de le lui remettre.)

MADAME D'ORBE.

Oui, remettez-le moi, et assujétissez-le bien.

LAURE.

C'est qu'il y manquait une épingle.

(En la posant, elle pique madame d'Orbe, qui s'écrie :)

Aïe!

MADAME D'ORBE.

Morbleu! vous êtes une modiste bien maladroite.

LAURE.

Pardon; c'est que précisément je ne suis pas une modiste.

MADAME D'ORBE.

Qui que vous soyez, vous m'avez fait bien mal.

AMÉPHINE.

Mon amie est si vive! elle a voulu si promptement vous servir!

LAURE.

Madame n'a plus, à ce qu'il paraît, aucun cheveu; c'est ce qui fait que j'ai attrapé sitôt la chair.

MADAME D'ORBE, *se retournant.*

Que savez-vous si je n'ai pas de cheveux? Je vous parais donc bien âgée?

LAURE.

Non, à coup sûr, beaucoup de jeunes personnes voudraient avoir votre fraîcheur.

MADAME D'ORBE.

Ah! voilà qui est parler. Feu monsieur d'Orbe, mon époux, m'a dit cent fois que j'avais tort d'user de rouge.

LAURE.

Et s'il avait le bonheur de vivre, il vous dirait de même que vous avez tort de vous servir de faux cheveux, puisque les vôtres sont encore intacts. — Mais à propos de rouge, j'ai oublié de vous dire qu'on porte beaucoup de manteaux écossais, à grands dessins d'ogive. Madame ne saurait se refuser cet habillement d'hiver, il lui siérait parfaitement.

MADAME D'ORBE.

A dessins d'olive, dites-vous?

LAURE.

Point du tout; (*en appuyant fortement*) à dessins d'ogive, c'est-à-dire en style gothique ou de cathédrale ancienne; plus que jamais c'est le style à la mode; il n'est pas jusqu'aux reliures qui ne le présentent, sans parler du style des ouvrages, soit en prose, soit en vers.

MADAME D'ORBE.

Je me déciderai donc à me mettre à la mode, quoiqu'il me répugne assez de me donner un air gothique. (*Elle se lève.*) Madame Dorigny ne rentre pas encore, je reviendrai dans la soirée. (*En s'en allant et sans les saluer :*) Je vous ferai appeler pour ma toilette, lorsqu'il en sera temps; adieu.

LAURE, *en la suivant.*

On parle de nouvelles contredanses pour le carnaval; si Madame.....

MADAME D'ORBE, *en se retournant.*

Qui êtes-vous donc, encore une fois?

LAURE, *en la saluant poliment.*

Votre très humble et dévouée servante.

(Madame d'Orbe sort.)

SCÈNE VII.

LAURE, riant aux éclats, AMÉPHINE.

LAURE.

As-tu jamais vu semblable caricature au monde?

AMÉPHINE.

En vérité, ma chère Laure, tu t'es fait là une belle affaire auprès de madame Dorigny, par rapport à cette vieille Comtesse! — Et m'y voilà joliment impliquée!

LAURE.

Tiens! je serai la première à en parler à madame Dorigny; je ne puis supposer qu'une jeune dame puisse voir de sang-froid un tel visage, et nous fasse un crime de nous en être diverties.

AMÉPHINE.

Dans tous les cas, nous n'avons pas été malhonnêtes; nous pourrions nous plaindre au contraire..... (*Elle s'interrompt.*) Quelqu'un monte!

(La porte s'ouvre.)

SCÈNE VIII.

LES PRÉCÉDENTES, MADAME DORIGNY.

(Les Demoiselles saluent.)

MADAME DORIGNY, *avec empressement.*

Comment est-il possible, Mesdemoiselles, que je me sois trompée aussi grossièrement sur l'heure du bateau à vapeur? Je viens d'apprendre en bas qu'Amynthe était arrivée avec ses trois amies; je suppose que vous êtes du nombre?

LAURE ET AMÉPHINE, *en saluant.*

Oui, Madame.

AMÉPHINE.

Vous devez être surprise de ne pas voir Amynthe; elle n'a pu tenir à vous attendre, elle est allée au devant de vous.

MADAME DORIGNY.

Je le sais; et précisément je suis venue par des chemins détournés, ce qui fait que nous ne nous sommes pas rencontrées. Elle est sans doute avec mademoiselle?...

LAURE.

Léocadie.

MADAME DORIGNY.

Fort bien. En sorte que vous vous nommez?

LAURE.

Laure.

MADAME DORIGNY.

Voilà donc mademoiselle Améphine. Vous

voyez que je sais déjà vos noms. J'espère que vous n'aurez point à regretter d'être venues dans le pays; Amynthe vous y procurera toutes les jouissances possibles, et de mon côté je ferai mon possible pour vous rendre ce séjour agréable.

AMÉPHINE.

Vous êtes bien bonne, Madame, et vous devez compter sur notre reconnaissance.

MADAME DORIGNY.

Je ne demande que franchise et liberté. Regardez-moi comme votre mère, s'il est possible, et nous serons tous contens.

LAURE.

Nous ferons en sorte que la mère n'ait pas à se plaindre de ses filles.

MADAME DORIGNY.

J'en suis persuadée, par tout ce qu'Amynthe m'a écrit sur votre compte. — Mais parlons un peu de la distribution des prix. L'absence de M. Dorigny m'a privée d'y assister et de répondre à l'invitation de votre institutrice. (*A Améphine* :) Êtes-vous contente sous ce rapport? en avez-vous remporté quelqu'un?

AMÉPHINE, *d'un air humilié.*

Eh! Madame, beaucoup moins que je ne m'y attendais.....

MADAME DORIGNY.

(*A part.*) Elle ne me parle nullement de ma fille. — (*Haut.*) Mais des accessits ne sont pas à dédaigner dans une classe nombreuse et d'un degré supérieur. Je serais bien contente que mon Amynthe en eût eu quelqu'un. (*Elle s'arrête.*).... (*Silence de Laure et d'Améphine.*) — (*A part.*) Elles ne disent mot : allons, voilà qui est positif; elle n'a rien eu. (*Haut.*) Et vous, mademoiselle Laure, avez-vous été plus heureuse?

LAURE.

AIR :

Destin pareil, hélas! même disgrace!
Je souriais à l'espoir le plus doux;
Mais un démon est venu parmi nous,
Qui cette année a démonté la classe.

MADAME DORIGNY, *vivement.*

Vous la nommez?.......

LAURE, *embarrassée.*

(Améphine, la regardant, met le doigt sur la bouche pour lui faire signe de ne pas nommer.)

C'est...... c'est...... On la nomme Aramynthe.

MADAME DORIGNY.

Aramynthe! (*A part.*) Il n'y a plus à espérer. — (*Haut.*) Cela, Mesdemoiselles, ne doit pas vous décourager. Il faut redoubler de zèle l'an prochain. Cette terrible concurrente vous impose de grandes obligations; elle vous a été envoyée pour votre avantage respectif : vous connaissez le vers fameux :

« A vaincre sans péril, on triomphe sans gloire. »

C'est ce que je rappellerai à ma fille, qui, pour sa part, doit être un peu humiliée de n'avoir pas eu de prix.

LAURE, *qui était placée du côté de la fenêtre.*

Ah! voilà Amynthe et Léocadie qui entrent.

MADAME DORIGNY.

Amynthe! pardon, je vole à sa rencontre.

(Elle sort.)

SCÈNE IX.

LAURE, AMÉPHINE.

LAURE.

Ma foi, d'un peu plus je nommais Amynthe, et lui aurais enlevé le plaisir de la surprise. — Mais sais-tu que madame Dorigny est charmante, et que nous passerons ici les plus agréables vacances?

AMÉPHINE.

Je me promets toutes sortes de plaisirs. Du reste je pense bien qu'elle obligera sa fille à travailler, et nous conséquemment. Je n'en suis pas fâchée, je t'assure : livrées à nous-mêmes, nous ne ferions pas grand'chose, ou plutôt nous ne ferions rien. De jour en jour nous renverrions les devoirs qui nous ont été prescrits, tandis que la surveillance de notre aimable hôtesse nous tiendra en haleine, et nous sera fort salutaire.

LAURE.

La journée de demain nous éclairera sur toutes les autres. Celle-ci est un heureux prélude. Fais-toi l'idée de la joie qu'éprouvera à table madame Dorigny!

AMÉPHINE.

Chut! je l'entends venir avec sa fille et Léocadie.

SCÈNE X.

LES PRÉCÉDENTES, MADAME DORIGNY, AMYNTHE, LÉOCADIE.

MADAME DORIGNY.

Grâce à Dieu, nous voilà toutes réunies, et nous sommes déjà de vieilles connaissances.

AMYNTHE.

Je t'assure, maman, que Léocadie et moi nous avons bien couru pour pouvoir te rencontrer. J'ai reconnu de loin madame d'Orbe, qui m'a paru une véritable bombe, tant elle est ronde et ramassée.

LAURE.

C'est, je parie, cette dame qui est sortie d'ici quelques instans avant l'arrivée de madame Dorigny.

MADAME DORIGNY.

N'a-t-elle point une canne et une ombrelle ?

AMÉPHINE.

Précisément, et je rappelle qu'elle a parlé de feu M. d'Orbe, son époux.

MADAME DORIGNY.

C'est elle-même, je la reconnais à ce trait. Ne vous êtes-vous point trouvées en contradiction, par hasard ?

LAURE.

Pas absolument, si ce n'est qu'elle nous prend pour des modistes, parce que nous avons parlé toilette, et que je l'ai tant soit peu piquée en assujétissant son chapeau, qui avait fait la culbute.

MADAME DORIGNY.

Voilà matière à conversation pour huit jours. Tout le pays sait déjà que vous êtes dans ma maison. Je ne doute point qu'elle ne revienne encore aujourd'hui même pour voir Amynthe, dont je lui ai annoncé l'arrivée.

AMÉPHINE.

Elle ignore que nous soyons la société

d'Amynthe. Laure lui a dit seulement que nous étions vos amies sans vous connaître.

MADAME DORIGNY.

Bénédiction! comme son esprit doit battre la campagne!

LÉOCADIE

Il me tarde bien de voir cette dame, d'après le portrait que vous en faites.

MADAME DORIGNY.

Excellente au fond, je vous assure. Elle a des ridicules sans doute; mais, mon Dieu! qui n'en a pas? Elle est serviable, quelque peu entremetteuse, mais prompte à offrir des secours lorsque la curiosité lui en fournit l'occasion.

LAURE.

Elle nous a dit en sortant qu'elle reviendrait dans la soirée.

MADAME DORIGNY.

Je vous certifie qu'elle n'y fera faute. On la voit partout, toujours par voie et par chemin.

AMÉPHINE.

Il paraît qu'elle n'a pas grand'chose à faire.

MADAME DORIGNY.

Voilà le fruit de l'oisiveté. — A propos de cela, je pense, Mesdemoiselles, que vous êtes dans l'intention de travailler ces vacances?

AMYNTHE.

Oh! maman, on nous a tracé des devoirs, et je te donne ma parole d'honneur que nous sommes toutes bien résolues de les faire.

MADAME DORIGNY.

Je ne doute pas que la maîtresse ne vous ait donné de la besogne. Quant à la parole d'honneur,

AIR : *Si le roi m'avait donné.*

Je respecte infiniment
L'honneur de l'école;
J'accueille, aussi, poliment
La moindre parole;
Quant à m'y fier, oh! non;
Chat échaudé, nous dit-on,
Redoute l'eau froide, ô gué!
Redoute l'eau froide.

AMYNTHE.

Aurais-tu déjà à te plaindre de quelqu'une de nous, chère maman?

MADAME DORIGNY.

Non, certes; je n'ai qu'à me féliciter de votre arrivée, et ce m'est un vrai bonheur de vous voir toutes auprès de moi. Mais tant de promesses de succès, de lauriers à cueillir, d'application, d'efforts, dans le cours de l'année!......

AMYNTHE, *à part.*

Bon! elle ne se doute de rien, et ne s'attend pas à la surprise.

LAURE.

Aucune de nous n'a à se reprocher de n'avoir pas travaillé, et nous ne pouvons désormais plus faire que nous n'avons fait jusqu'à présent.

MADAME DORIGNY.

Je veux bien le croire sans doute; mais alors (*parlant à Laure*) je dois penser que cette demoiselle Aramynthe dont vous m'avez déjà parlé a plus fait que vous encore.

AMYNTHE, *à part.*

Quelle espèce de conte lui auront-elles fait en mon absence?

AMÉPHINE.

C'est qu'à la grande application de cette demoiselle se joignent réellement des talens supérieurs.

MADAME DORIGNY.

Le silence d'Amynthe est au moins un aveu de sa peine, et j'espère que l'an prochain elle pourra étaler à mes yeux nombre de livres qu'elle aura obtenus. Mais il faut s'y préparer dès cette époque. Vous n'avez pas entendu qu'elle serait toute remplie par des amusemens frivoles; et je suis bien sûre que vos cahiers et vos livres sont dans vos malles.

AMYNTHE.

Ils y sont en effet; dès demain nous nous mettrons à l'œuvre.

MADAME DORIGNY.

Cette chambre-ci vous servira de salle d'étude : Lisbeth la disposera à votre gré.

LÉOCADIE.

Nous pouvons même commencer dès ce moment à nous entendre sur les heures de travail, sur l'ordre que nous aurons à suivre pour chacun de nos devoirs. Je proposerais aussi de nommer parmi nous une maîtresse d'étude pour surveiller la classe.

AMÉPHINE.

C'est bien pensé. Il est sage de convenir actuellement de tous nos faits, pour n'avoir point à y revenir, et être fixées dès aujourd'hui.

MADAME DORIGNY.

J'approuve cette résolution. Quelques soins de ménage m'appellent en bas : je vous laisse pour un instant à vous-mêmes.

(Elle sort.)

SCÈNE XI.

LES QUATRE AMIES.

AMYNTHE, *à Laure et à Améphine.*

Il paraît que maman s'est entretenue des prix avec vous, et qu'elle ne sait rien de mon projet.

LAURE.

Il a fallu lui faire un conte à cet égard : je t'assure que le nom d'Aramynthe est venu fort à propos à mon secours.

AMYNTHE.

Raconte-moi cela en peu de mots.

AMÉPHINE.

Ce serait perdre en ce moment un temps précieux : nous te le dirons après dîner. Mais il me vient une idée : nous n'avons ici ni livres ni cahiers ; occupons-nous à composer chacune un couplet de notre façon, dont nous ferons hommage à madame Dorigny, comme un échantillon de notre talent littéraire et une introduction à nos études des vacances.

AMYNTHE.

Fort bien imaginé, Améphine ! je reconnais dans cet avis l'inspiration de ta muse facile ; mais il n'est pas certain que nous y réussissions toutes également, moi la première.

LAURE.

N'importe, la proposition est excellente ; il faut l'adopter. Si nous ne sommes des Sophie Gay ou des Valmore, nous avons autant qu'elles le désir de plaire, et surtout de plaire à madame Dorigny.

LÉOCADIE.

Allons, Mesdemoiselles, ne perdons pas de temps.

Air : *Soyons à l'ouvrage.*

Prenons du courage ;
Il faut sans tarder
Rimer ;
Nos cœurs à l'ouvrage
Doivent s'enflammer.
La moindre contrainte
Conduit à la feinte ;
Bannissons la crainte,
Est-ce à nous d'y céder ?

TOUTES, *en chœur.*

Prenons du courage, etc.

LAURE.

Eh bien ! eh bien ! commençons à l'instant même.

(Elles prennent toutes une plume, un morceau de papier, s'asseyent en se tournant les unes contre les autres, et rêvent, chacune de son côté, dans des postures diverses.)

(Après un moment de silence.)

LÉOCADIE.

Il ne me vient aucune idée ; c'est désolant.

Voilà qu'Améphine a déjà écrit plusieurs vers.

AMÉPHINE.

Parle plutôt d'Amynthe, qui a presque achevé son couplet.

AMYNTHE.

Ma foi, je n'y mets aucune prétention, sauf à repolir tout à l'heure. — Mais c'est Laure qu'il faut citer; voyez, voyez comme elle va vite.

LAURE.

Ne m'interrompez pas, je vous en conjure, je crains de perdre mes idées.

LÉOCADIE.

Mon Dieu! je suis bien étourdie! (*Elle réfléchit.*) Eh! voilà mon sujet tout trouvé; il n'y a plus que la mesure.

AMYNTHE.

En vérité, Mesdemoiselles, les chansonniers parisiens ne sont pas plus fertiles que vous.

AMÉPHINE, *écrivant.*

Voilà mon dernier vers.

LAURE.

Et, grâce à Dieu, le mien aussi.

AMYNTHE.

Je ne retouche plus aux miens.

LÉOCADIE.

Bons ou mauvais, je m'en tiens à ceux-ci.

AMYNTHE.

Ah çà! il est entendu que chacune de nous chantera son couplet.

AMÉPHINE.

Sans contredit; la différence des airs sera d'un effet assez piquant.

AMYNTHE.

Mais, toute réflexion faite, je trouve que la vieille Marie tarde bien à arriver.

LAURE.

Pourvu qu'elle ne se soit pas égarée...

AMYNTHE.

Elle m'a dit connaître le chemin. En vérité, ce cerait bien contrariant! moi qui avais tout fait pour qu'elle se présentât au moment du dessert! Elle est à cheval cependant; je lui ai donné l'argent qu'il fallait pour faire commodément le voyage.

LÉOCADIE.

J'entends monter. C'est madame Dorigny.

SCÈNE XII.

LES PRÉCÉDENTES, MADAME DORIGNY.

MADAME DORIGNY.

Si j'en juge par mon appétit, il doit vous tarder de vous mettre à table.

AMYNTHE.

Je t'assure, maman, que le temps nous semble déjà un peu long. Tant que nous étions à régler nos travaux, nous ne songions pas au dîner; mais à présent.....

MADAME DORIGNY.

Encore quelques minutes, et les domestiques avertiront. L'arrivée d'une femme que je n'attendais presque plus a retardé un peu le service.

AMYNTHE, *avec anxiété.*

Maman, quelle est cette femme?

MADAME DORIGNY.

Une bonne et honnête personne que j'ai louée depuis huit jours, et qui partagera le soin des chambres avec Lisbeth. Je suis fort contente qu'elle soit arrivée. Cette pauvre malheureuse a fait une longue maladie à l'hôpital. Ses maîtres l'ont remplacée, elle était sans pain. Quelqu'un me l'adressa de Bordeaux, et je l'ai prise à mon service. — Tenez, on vient, c'est sans doute pour le dîner.

SCÈNE XIII.

LES PRÉCÉDENTES, LISBETH, MARIE.

(Portant l'une et l'autre des paquets.)

MADAME DORIGNY.

Mais ce n'est pas ici, Lisbeth, qu'il faut apporter ces valises; je t'ai déjà dit que cette femme coucherait dans la chambre à côté de la tienne.

AMYNTHE, *d'un air stupéfait.*

Comment! cette femme-là est celle que maman a louée!

MARIE.

Elle-même, Mademoiselle. Vous ne présumiez pas que cette pauvre Marie, objet de votre bonté, serait incessamment au service de Madame votre mère. Et lorsqu'hier seulement vous me donnâtes votre adresse, je me réservai le plaisir de faire connaître ici votre bienfaisance : aussi me gardai-je bien de vous révéler que j'entrais chez madame Dorigny.

AMYNTHE.

Mais, ma bonne femme, vous me semblez un peu bavarde. Je ne vois pas qu'il soit si utile de parler de ce qui vous est arrivé, lorsque cela ne concerne que vous. — (*A Lisbeth :*) Le dîner est-il prêt, Lisbeth?

MADAME DORIGNY.

Et moi, je vous conjure, Marie, de m'expliquer ce que vous avez commencé à nous dire.

MARIE.

Je n'abuserai pas de vos instans. Quelques jours avant de vous être adressée, je me présentai à la porte du pensionnat de madame Valcourt. Mademoiselle se trouvait précisément à l'entrée. Elle entendit le récit de mes douleurs, tira une pièce de 5 francs de sa bourse, et me dit de revenir dans trois jours. Je n'y manquai pas, je l'avoue; elle me remit alors 25 francs, me disant que c'était le produit d'une collecte qu'elle avait faite parmi ses compagnes.

LAURE, *vivement.*

Je me rappelle cela en effet.

AMÉPHINE ET LÉOCADIE.

Et moi aussi, et moi aussi.

MARIE.

Quelques jours s'écoulèrent. Une dame, vous le savez, m'adressa à vous. J'eus le bonheur de vous convenir; et vous savez encore que je sollicitai l'agrément de retourner à Fontainebleau pour y terminer, vous dis-je, quelques petites affaires. C'était pour faire part à mademoiselle Amynthe de ma bonne fortune. A la vérité, je ne songeai pas à lui dire que j'étais placée chez madame Dorigny, mais je lui nommai la commune. « Quand partez-vous? me dit-elle. — Demain, « lui répondis-je. — Si vous pouviez retarder « de quelques jours, ne connaissant personne « de confiance, je vous prierais de m'apporter « une valise à laquelle je tiens beaucoup. »

Jugez si je m'empressai de lui rendre ce service! Mademoiselle me donna son adresse; et je découvris ainsi qu'elle était la fille de celle chez qui j'allais habiter.

MADAME DORIGNY.

(En sautant au coup de sa fille.)

Et tu voulais priver ta mère du bonheur qu'elle éprouve!

MARIE.

Elle vous en prépare une autre d'un genre tout aussi satisfaisant.

MADAME DORIGNY.

Quelle est-elle? quelle est-elle?

AMYNTHE.

Marie, je vous ai laissée parler tout à votre aise; je vous ordonne maintenant de vous taire.

MARIE, *à Amynthe.*

Ma foi, ma généreuse Demoiselle, pardonnez à une vieille femme toute reconnaissante de ne pas savoir modérer les sentimens qui l'oppressent. Votre mère est heureuse en ce moment : eh bien! c'est à moi de compléter ce bonheur. L'une de ces valises....

(*Se reprenant à l'aspect d'Amynthe, qui fait un mouvement de dépit.*)

Mais je vois que je la contrarie.

AMÉPHINE.

Non, non, parlez, bonne femme; il est temps qu'Amynthe reçoive ici la plus douce récompense.

LAURE, *à Marie.*

Je vais parler moi-même, si vous ne dites rien.

MARIE.

(*Ouvrant la valise, en tire des livres qu'elle pose sur la table, et dit avec émotion :*)

Voilà les prix que mademoiselle Amynthe a remportés.

MADAME DORIGNY.

Les prix de ma fille!!! ô jour trois fois heureux! quoi! ma chère Amynthe, tu me réservais cette surprise!

AMYNTHE, *après avoir embrassé sa mère.*

Je voulais te la ménager pour ton dessert; leur promptitude a devancé mes intentions; mais, chère maman, je souffrais bien déjà de te laisser croire que ta fille n'avait eu aucun succès; et la bonne Marie, en ouvrant cette valise, a soulagé mon cœur d'un poids qui l'oppressait bien vivement.

MADAME DORIGNY.

Le mien est inondé de jouissances que ma bouche ne saurait exprimer. — (*A Laure :*) Mais cette demoiselle Aramynthe, dont vous m'avez parlé?.......

LAURE.

Aramynthe et Amynthe sont le même individu. Nous avions promis à votre demoiselle de nous prêter à son dessein. J'ai heureusement satisfait et à votre demande et à notre promesse.

MADAME DORIGNY.

Fort bien : sauf deux lettres de plus, vous n'avez pas altéré la vérité.

AMYNTHE.

Mais puisque ces Demoiselles ont devancé l'instant où je voulais te faire voir mes prix, je prétends exercer contre elles une vengeance à ma manière.

MADAME DORIGNY.

Et laquelle, chère enfant? Je suis bien sûre qu'elle tournera à leur avantage.

AMYNTHE.

Elle te fera connaître une excellente idée d'Améphine, que nous toutes avons adoptée à l'instant même. Pendant que tu nous croyais occupées à régler nos dispositions pour le temps des vacances, sur la proposition de Mademoiselle (*en désignant Améphine*), nous avons composé, chacune, un couplet de notre façon, dont tu voudras bien agréer l'hommage.

MADAME DORIGNY.

Je l'accueille avec le plus grand plaisir, et remercie en particulier mademoiselle Améphine. Je vous demande alors de vouloir bien me le chanter tout de suite : ce sera le complément à la joie que j'éprouve.

LÉOCADIE.

Moi, sans façon, je commence; j'aurais trop à perdre à chanter la dernière.

Air : *Que le sultan Saladin.*

Qu'un auteur de ma façon,
En dépit de la raison,

Nuit et jour après la rime
Vainement coure et s'escrime,
Et tourmente le bon sens,
Je sens,
Je sens
Que c'est abuser du temps.
(A madame Dorigny.)
Mais vous plaire excitait ma muse,
C'est mon excuse. (*Bis.*)

MADAME DORIGNY.

Votre muse n'en a aucun besoin; vos vers sont pleins de naturel.

AMÉPHINE.

C'est à présent mon tour, et je me repens bien de chanter après Léocadie.

AIR :

J'étais loin des auteurs de mes jours,
Sans nulle connaissance;
L'amitié vient m'offrir son secours
Pour ce temps de vacance.
Sincère organe de son bon cœur,
Sa voix m'assure un sort prospère

(A madame Dorigny.)

Ah! quel est en effet mon bonheur!
Je retrouve une mère.

MADAME DORIGNY.

Je tâcherai au moins de remplacer la vôtre, mademoiselle Améphine; vous êtes toutes quatre mes enfans.

LAURE, *à Amynthe.*

Laisse-moi bien vite chanter mon couplet; tu seras pour la bonne bouche.

AIR : *Pour obtenir celle que j'aime.*

On me dit que l'étourderie
Est l'un de mes moindres défauts;
Il est vrai que de la folie
J'agite souvent les grelots.
Mais quoi! dans le siècle où nous sommes,
Elle seule guide les hommes.
Où donc s'est enfuie la raison? (*Bis.*)
Je la trouve en cette maison. (*Bis.*)

MADAME DORIGNY.

Vous en avez déjà votre petite part; et, croyez-moi, la raison n'exclut pas une aimable gaîté. — (*A Amynthe.*) A toi, Amynthe.

AMYNTHE.

Et bien vite, bien vite, car mon estomac réclame un prompt renfort.

Air :

Quand j'ai voulu de ce moment
Te ménager la jouissance,
Brûlante aussi d'impatience,
Je me reprochais ton tourment.
Mais ces nobles prix de mon zèle,
Je puis donc enfin les offrir
A la tendresse maternelle.
Ah! puissent-ils lui garantir
Une récolte encor plus belle!
Ah! puissent-ils lui garantir
Une récolte encor plus belle!
Une récolte encor plus belle!

MADAME DORIGNY.

J'en accepte l'augure, ma chère Amynthe; et j'espère que l'an prochain, à cette époque, tes amies et toi vous renouvellerez la même scène de bonheur.

AMYNTHE.

J'en prends l'engagement, chère maman. Mais, je t'en conjure! allons nous mettre à table.

MADAME DORIGNY.

Oui, oui ; cette fois il n'y a plus de retard, et j'ai regret que le dîner ne soit pas du double plus copieux.

(On entend une voix par l'escalier :)

Enfin, pourra-t-on voir mademoiselle Amynthe?

MADAME DORIGNY.

Madame d'Orbe! je vous l'avais bien dit.

SCÈNE XIV ET DERNIÈRE.

LES PRÉCÉDENTES, MADAME D'ORBE.

MADAME D'ORBE.

J'ai pensé qu'au moment de votre dîner je trouverais mademoiselle Amynthe.

MADAME DORIGNY.

Oui, Madame, et j'ai l'honneur de vous la présenter.

(Amynthe salue profondément madame d'Orbe.)

MADAME D'ORBE, *s'asseyant.*

Mademoiselle paraît bien se porter, et disposée sans doute à se bien divertir. (*En oyant les livres sur la table :*) Ah! ah! vous avez fait achat de livres. Pour moi, je n'en suis plus; feu M. d'Orbe aimait passionnément la lecture. Nous étions toujours en querelle à se sujet. Je puis dire qu'il délaissait sa femme pour ses livres : aussi en ai-je pris un dégoût invincible. (*Se tournant du côté des pensionnaires :*) Mais vous avez là beaucoup de monde. Ce sont les amies en question dont vous m'avez parlé? (*En regardant Laure :*) Eh mais, le bon Dieu me pardonne! c'est vous qui étiez ici, lorsque je suis venue tantôt.

LAURE.

Toujours disposée, Madame, à vous être utile.

MADAME D'ORBE, *à madame Dorigny.*

Mademoiselle serait-elle modiste, par hasard?

MADAME DORIGNY.

Du tout; Mademoiselle est pensionnaire avec ma fille, ainsi que les deux autres.

MADAME D'ORBE.

Je sors de chez les Valmont; et j'ai appris

là nombre de choses dont je venais vous faire part.

MADAME DORIGNY.

Je vous entendrai toujours avec plaisir; mais le dîner nous attend depuis un quart d'heure, et tout ce monde-là a grand'faim. Je suppose que vous n'avez point dîné vous-même, et......

MADAME D'ORBE.

Non, en vérité. Quelle heure est-il donc?

TOUTES, *à la fois.*

Cinq heures et demie.

MADAME DORIGNY.

Vous allez sans façon vous mettre à table.

MADAME D'ORBE.

Puisque c'est sans façon, j'accepte volontiers.

LAURE.

Je pressentais pour nous cet honneur dès tantôt, car j'en ai dit quelques mots à Madame.

MADAME D'ORBE.

Je ne rappelle point ce que vous avez dit. (*A madame Dorigny* :) Mais ce n'est pas au moins de la bourgeoisie?

MADAME DORIGNY.

Ce sont les sentimens les plus élevés, la noblesse d'ame la plus caractérisée.

MADAME D'ORBE.

A la bonne heure; car feu M. d'Orbe, mon époux, ne me voyait jamais à table lorsqu'il lui prenait fantaisie d'y placer des bourgeois.

MADAME DORIGNY.

Je ne reçois à la mienne que les plus honnêtes gens, et je m'honore aujourd'hui de vous y voir placée.

MADAME D'ORBE, *en se levant.*

Allons donc nous y mettre; jamais je n'eus tant d'appétit.

BIBLIOTHÈQUE R...

AMYNTHE, *au public.*

Air du *Premier pas.*

Vous tous aussi que le dîner appelle,
Pardonnez-nous d'en retarder l'instant.
Si vous daignez dans cette bagatelle
De notre auteur reconnaître le zèle,
Il est content,
Il est content.

(Elle salue.)

TABLE

DES PIÈCES

Contenues dans ce volume.

FIN DE LA TABLE.

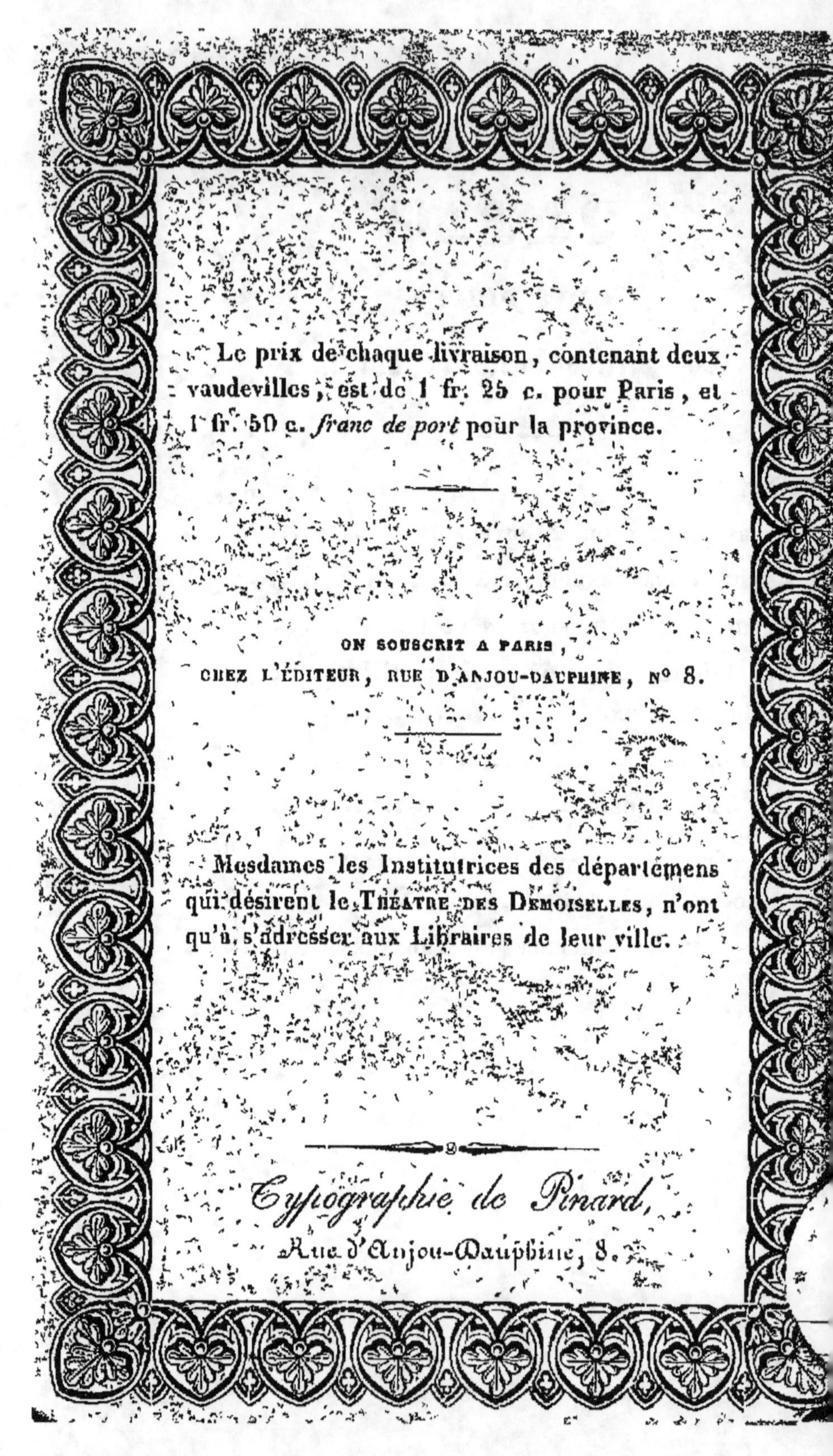

Le prix de chaque livraison, contenant deux vaudevilles, est de 1 fr. 25 c. pour Paris, et 1 fr. 50 c. *franc de port* pour la province.

ON SOUSCRIT A PARIS,
CHEZ L'ÉDITEUR, RUE D'ANJOU-DAUPHINE, N° 8.

Mesdames les Institutrices des départemens qui désirent le THÉATRE DES DEMOISELLES, n'ont qu'à s'adresser aux Libraires de leur ville.

Typographie de Pinard,
Rue d'Anjou-Dauphine, 8.